Le petit marcheur

La lumière au cœur du silence

Dominique Lesbordes

A toi, frère de cœur,
qui ne nais que dans la lumière ;
Toi, frère d'humanité,
qui ne resplendis qu'à travers le soleil ;

Oui, toi, frère d'itinérance aussi,
qui ne trouves ton chemin qu'à travers les péripéties
de la vie ;
L'enfant de lumière,
dont le sourire illumine les coeurs ;
L'enfant de la terre, dont l'innocence enracine la tendresse ;
Le fils de l'Homme,
dont le désir livre en secret tous les
combats ;
L'enfant de la vie, enfin,
dont la vie n'est qu'une petite parcelle de la Grande
Vie.

A toi donc, je dédie cet acte,
qui est plus que ma vie,
puisque c'est Son regard ;
plus que ma joie,
puisque c'est Son sourire ;
plus que mon amour,
puisque c'est Sa lumière.

A toi, je dédie cet Acte.

"Si tu cherches à comprendre, dans ton silence intérieur, ce qui t'a amené là, alors sache-le, ce n'est pas la souffrance, ce n'est pas la joie, c'est l'amour. L'amour qui unit la souffrance et la joie dans un même élan, vers un même soleil, le feu qui brûle en ton cœur."

Sommaire

Préambule

Campagne près d'Assise, dans les années 90.

Je me promenais sur un chemin tranquille, quand soudain, alors que mon esprit vagabondait entre le chant de oiseaux et l'ondulation des blés, je sentis une présence à mes côtés.

Nous nous retrouvâmes deux à marcher.

D'un même élan, d'un même pas.
D'un même cœur.

Et c'est ainsi que je connus l'histoire du petit marcheur.

La voici, telle qu'elle me fut racontée.

La jachère

"Au début je disais : si Dieu existe, alors, la vie dans son malheur n'a pas de sens.
Mais le Temps a passé, ultime justicier, sur mon coeur desséché, et l'a fertilisé...

Je venais d'avoir dix sept ans.

Et j'étais perdu. Mon âme était perdue.

Je passais mon temps à errer, dans un monde que je ne reconnaissais pas, qui ne me reconnaissait pas.

Un jour, perdu au cœur d'une forêt inconnue non loin d'Assise, épuisé d'avoir tourné en rond, je finis par m'endormir au pied d'un arbre.
Et dans mon malheur, je fis un cauchemar.
Tout d'abord, je vis un visage.
Un visage maigre, sale, un visage chargé de souffrance, où les yeux disent la douleur, la peur, le désespoir ; où les cheveux et la barbe sont emmêlés de sueur et de sang ; où la peau tendue à craquer ne par-

13

vient pas à effacer les profonds sillons creusés entre les yeux.

Un visage pitoyable, et pourtant vivant.
Quelques larmes coulent le long de ses joues pour aller se perdre dans sa barbe.

Puis, je vis l'homme en entier, avec le même visage, la même angoisse.

Il est cloué, cloué les bras en croix, exactement comme celui que l'on appelle Jésus.

Le même corps convulsé, les mêmes blessures, la même croix, aussi.

Le même sang, la même sueur.
La même souffrance, la même douleur.
La même prière.
A cet instant, dans mon cauchemar, je devins cet homme, et connus sa vie et sa mort...

Le premier labour

...Le Temps a semé des graines de lumière qui porteront, peut-être, un jour, des fruits de vie et de bonheur.
Au premier labour, la terre était sèche, et le grain n'a pas pris...

"Mes mains sont déchirées, et la douleur me paraît intolérable.

Comme un animal blessé, je crie de détresse, et lorsque ma voix ne veut plus me servir, mon cri se tourne vers l'intérieur.

Les cris de l'intérieur ne se voient que dans les yeux.

Quand la douleur est trop intense, mon âme s'échappe un moment.

Juste un moment. Je me contemple un instant, pauvre loque pendante, puis la lumière m'appelle.

Temps de repos, de calme, de compréhension, aussi.

Puis, je reviens vers moi, je reviens à moi. Et j'ouvre les yeux sur le monde, en même temps que la conscience de la douleur resurgit en m'arrachant un nouveau cri.

Oh ! Seigneur,
Pourquoi? Pourquoi?
Je t'en prie, emmène moi.
Je sais, je sais, j'ai péché,
mais je t'en prie, emmène moi.
C'est vrai, je voulais être un saint,
comme le fils que tu as envoyé vers nous.
Et je me suis laissé enchaîner,
clouer même.
Et maintenant, je ne suis plus rien.
Je ne suis plus rien, et j'ai mal.
Alors, emmène moi, je t'en prie.

Mais lui ne répondait pas.

Après la révolte est venu le repentir.

Alors, seulement alors, lui qui me comprenait si bien, lui, le Fils crucifié, venait vers moi. Il me caressait les cheveux, me massait les épaules et les mains.
Ses caresses étaient douces et apaisaient mes souffrances.
Puis, quand j'étais soulagé, il me disait : « Je dois partir, mais je reviendrai. »
Et ainsi, il faisait.
Et ainsi passèrent les quelques heures qui précédèrent mon passage, en ce temps-là.

Quelques heures qui me parurent une éternité.
Quelques heures, juste quelques heures pour passer de l'état animal, plein d'inconscience, d'orgueil et de fiel, à l'état d'être humain.

Juste quelques heures d'intenses souffrances."

Lorsque je me réveillai, mes mains et mes pieds me faisaient mal.
Je croyais être devenu fou.
Je repris peu à peu mon calme, ouvris les yeux, et compris que j'avais fait un mauvais cauchemar.

Petit à petit, mes douleurs cessèrent, et c'est alors seulement que je vis qu'un homme était assis à côté de moi.

Il me regardait avec un sourire bienveillant.
Quand il vit que j'étais réveillé, il me parla ainsi :
« La souffrance peut te faire croire qu'elle est nécessaire, mais elle est seulement utile, parfois.

Non pas dans la douleur qu'elle procure, mais comme ultime solution pour réveiller l'âme endormie, comme détonateur de l'explosion du coeur.
La souffrance n'est pas une punition pour de prétendus péchés, mais un moyen de compréhension et de prise de conscience qui inclut l'amour.

Le seul rôle de la souffrance est d'ouvrir les yeux de ceux qui sont en train de laisser mourir leur âme.

Si tu sais, les yeux ouverts, regarder cette souffrance s'approcher, si tu sais lui retirer les masques un à un, jusqu'au dernier, tu la reconnaîtras, elle aussi, comme une messagère de la paix, comme une amie de la compassion infinie à ton égard.

Si tu peux la voir en face,
sans peur,
bien qu'elle te fasse mal ;
sans honte,
bien qu'elle soit hideuse ;
sans rejet,
bien qu'elle soit intolérable,

Alors, tu pourras la voir apparaître, en même temps que tu te découvriras, et vous serez, chacun dans votre robe de lumière, chacun, identiques aux yeux de l'amour.

Et tu comprendras que la souffrance n'existe pas, qu'elle était seulement une autre manifestation de l'amour, juste pour te révéler à toi-même.

Tu comprendras qu'elle n'était, en fait, que ta propre création, afin de te sauver toi-même.

Tu comprendras que la seule condition pour ne plus la ressentir est de la reconnaître en Vérité, et de ne pas s'attacher à son visage trompeur.

Tu comprendras que dans son apparence, elle n'est qu'illusion, que si tu veux la tuer, elle renaîtra de ses cendres.

Car tu n'auras pas tué en toi le désir de t'enfermer, et tu n'auras pas libéré en toi le désir de marcher vers ce que tu es, un peu plus chaque jour :

amour révélé. »

Les larmes de l'automne

...Il fallut attendre le prochain automne de vie, pour la mouiller de toutes les larmes non versées, de tout le sang retenu dans la· Coupe, de toute la sueur d'une souffrance contenue...

Puis, l'homme se tut, ferma les yeux, et s'illumina.
Oui, s'illumina.
J'étais éberlué.
Après un cauchemar odieux, je semblais voler dans un rêve merveilleux.
Alors, dans la forêt, sa voix chanta.

« Je connais tes souffrances,
car elles furent mes souffrances.

Je connais bien tes larmes,
car elles furent aussi mes larmes.
Je connais ton coeur,
si semblable à mon coeur,
qui bat d'un même rythme,
d'une même musique.

Je connais ton âme,
si belle qu'elle rayonne
dans la nuit la plus obscure.

Je te connais, je te reconnais.

Comme moi, tu aimes.
Comme moi, tu as souffert.
Comme moi, tu as donné.
Ton corps, ton sang, et ta sueur.
Simplement parce que tu es, en vérité, amour et lumière.

Et je ne suis pas différent de toi.
Et tu n'es pas différent de moi.

Mon amour est semblable à ton amour,
et ma joie est semblable à ta joie.

Et pour répondre à ta prière secrète...

Qu'y a t-il à pardonner, en toi, qui n'ait un jour ou l'autre servi à quelque chose ?
Qu'y a t-il à pardonner, que tu n'aies fait dans l'ignorance ou l'esprit voilé?
Qu'y a t-il à pardonner qui ne te soit, déjà, pardonné d'en haut ?

Alors, REJOUIS-TOI

Réjouis-toi d'avoir permis que le voile soit retiré,
réjouis-toi d'avoir libéré la flamme qui brille en toi,

réjouis-toi de pouvoir enfin goûter la joie qui est en toi et dont tu n'avais pas conscience.

Réjouis-toi et porte-la, cette joie,
porte-la bien haut,
car le monde en a besoin.

Porte la joie,
simplement par amour pour tes frères,
et par amour et respect pour toi-même. »

L'homme se tut, et le silence qui arriva était chargé de sa présence, de la présence de la forêt, de la présence du monde.

Enfin, je reconnaissais ce monde, et ce monde me reconnaissait.

Et ce silence était aussi chargé de mots.
Ceux de l'homme assis à côté de moi, les miens, ou le vent dans les arbres...

Aujourd'hui, je ne sais plus…

Le deuxième labour

*...Au deuxième printemps, la terre était prête,
et le grain a germé. La plante a poussé, dans
la joie enfin retrouvée de s'épanouir pour son
soleil...*

Je ne sais plus, mais ces mots furent gravés à jamais
dans mon cœur et mon esprit.

« Ecoute ...
Ecoute le silence en toi,
qui chante les paroles de paix et d'amour,
Ecoute le qui danse en toi
au rythme de ton coeur qui bat.

Du silence est né le son.
Du silence sont nées toutes les musiques.

Et de ces musiques naîtront à leur tour
d'autres silences et d'autres musiques,
dans une ronde sans fin, la ronde de vie du Créateur.
Le silence n'est pas différent du son.
Le fils est-il différent du père ?
Ainsi en est-il du silence et du son.

Seule leur apparence est différente.

La parole est née du silence, du silence du Père.
La parole est sacrée, car elle parle au coeur des hommes.
La véritable parole engendrera un nouveau silence qui est Vie.

Ainsi, parole et silence sont liés du lien de la Vie.

Dans le silence, tu trouveras la Parole, car dans le silence habite l'Esprit du mot, qui le rend vivant.

Dans ton silence, tu trouveras les réponses aux questions que tu te poses.
Tu trouveras un chemin qui te conduira au pays merveilleux où il n'existe plus ni questions, ni réponses.
Dans ton silence, tu pourras rencontrer le maître du silence et de la parole, qui murmurera en ton coeur les mots d'amour que tu désires entendre ; ou qui grondera les colères d'amour que tu ne désires pas rejeter.
Tout cela est possible, dès maintenant,
pour toi,
et tous les êtres de bonne volonté.
Tout cela est possible, et plus encore, car la Vie est infinie, et l'Amour qui la porte aussi.

Mais n'oublie pas ...

Il y a le silence ouverture, et le silence fermeture.
Il y a le silence demande, et le silence réponse.
Il y a le silence joie, et le silence tristesse.

Il y a le silence vide, et le silence plénitude.
Il y a le silence mort, et il y a le silence vie.

A toi de choisir ton silence.

Car de ton silence dépendra ta parole, et de ta parole dépendra ta Vie.
Tu naîtras de ton silence, et tu seras ce que ton silence a fait de toi :
Etre vivant ou être mort.

Et n'oublie pas :

Il n'est point de silence si ce n'est par Lui,
il n'est point de parole si ce n'est par Lui. »
Puis, l'homme ouvrit les yeux et me regarda en souriant.

« Je vis dans une chapelle désaffectée non loin de là. Viens t'y reposer, tu as l'air épuisé » me souffla-t-il à l'oreille.
Je le suivis donc.

Il vivait dans cet endroit misérable, où pourtant régnait la paix et le calme, malgré la présence de quelques hommes.

Cinq ou six tout au plus.

C'est ainsi que je fis la connaissance de François, et que j'y attachais mes pas.

Par la suite, je passais des mois à errer, mal à l'aise, ne pouvant prier et ne pouvant participer aux activités des autres.

Trop de fermetures en moi, trop de doutes.

Souvent, ne tenant plus en place, et refusant la joie de partager avec les Frères, je partais dans la campagne m'isoler et dormir ...

Je ne savais pas ce que je faisais dans ce monastère perdu dans la campagne, mais je n'avais pas où aller.

Et puis, la personnalité et l'amour que je sentais en François me retenaient.

Un jour, il se trouva que nous marchions ensemble dans la forêt.

Je me souviens d'une belle journée d'automne, où l'air a juste ce qu'il faut de fraîcheur pour se sentir bien, où tout embaume la joie et l'harmonie.

Je me souviens de ce jour-là.

Et pourtant, ce jour-là, je n'arrivais à regarder que moi-même. Et je ne trouvais pas cela réjouissant.

Ce jour-là aussi, peut-être pour me prouver que je savais faire quelque chose, j'eus envie d'éblouir François qui, lui, avait seulement envie de flâner, semblait-il. Je marchais d'un pas rapide, courant presque, j'étais très content de moi.

« Allons, viens, lui dis-je, tu traînes, Frère François, tu traînes. »

Cela le fit sourire.

— Je vais te montrer comment marche l'homme. »

Ce disant, il allongea le pas... et me laissa sur place : il semblait voler.

Je ne le rejoignis qu'une centaine de mètres plus loin, tout essoufflé. Lui était assis sur une pierre, et m'attendait en souriant.

Ce jour-là, je sus que j'avais trouvé un maître, et un chemin ...

A partir de ce jour, je me mis à marcher.

Avec coeur.
Avec passion.

Les premières graines

...Au troisième printemps, l'épi a porté ses fruits, qui sont fruits de plénitude, pour la justice du Temps...

Au début, je marchais pour le plaisir, ou pour le travail spirituel, essayant jour après jour de comprendre ce qui avait fait "voler" François.

Mais peu à peu, les gens du voisinage me connurent, puis me reconnurent.

Les autres, les autres Frères, ils les appelaient les "Fous de Dieu", parce qu'ils prêchaient, qu'ils dansaient, qu'ils gesticulaient en portant des paroles de feu qui leur faisaient peur.

Mais moi, je ne faisais rien de tout cela. Je passais simplement en marchant et en chantant, et cela les rassurait.

Petit à petit, ils prirent l'habitude, tous ces paysans simples et rustres, de me demander quelques services.

Quand ils me voyaient arriver, ils se disaient :

« Tiens, voilà le petit marcheur de Dieu qui passe. Si on lui donnait la fourche à foin pour le cousin.

Ohé, petit marcheur ! »

Et c'est ainsi que je devins le premier coursier des environs.

Frère François disait de moi en riant:
« Celui-là, pas la peine de lui demander de prier. Laissez-le marcher. »

Et ainsi, je marchais. Je marchais et je chantais. Mon bâton pour unique compagnon.

Mon bâton ...
Je n'ai jamais su si c'était moi qui le portait, ou lui qui m'entrainait.
Lui et moi, à vrai dire, ne faisions qu'un, enveloppés d'une même aura. Il était le complément parfait de ma main.
Il était mon confident, mon ami. Il portait mes joies et mes peines, mes souvenirs passés et futurs. Je m'en servais pour frapper la mesure de mes chants, et il chantait avec moi.
Il me soutenait dans mes ascensions difficiles et je le caressais dans les nuits fraîches pour me réchauffer de sa présence.
Oui, un simple bout de bois peut devenir tout cela pour une âme endormie...
Plus tard, j'appris que Frère François était gravement malade.
Je retournai en hâte au monastère.

En entrant dans la petite chapelle où il était allongé, je fus frappé, effondré, de ce corps de souffrance en loques.

Et pourtant, il rayonnait.

Un frère priait en permanence, d'autres faisaient des infusions ou des préparations médicinales, d'autres encore des massages. Chacun s'affairait en silence, surtout, chacun l'aidait de son mieux.

Alors, je m'agenouillai près de lui :

« Père François, pardonne-moi.
Je voudrais t'aider. Mais je ne sais rien faire, sanglotai-je.
Je ne sais pas prier, je ne sais pas guérir, je ne sais pas cuisiner. Je ne sais rien faire, Père François, rien. »

Alors, il ouvrit les yeux, tourna faiblement la tête pour tenter de me voir.
Il ne me vit pas, tant ses pauvres yeux étaient abîmés, mais me sourit quand même :
« Que sais-tu faire? Il y a sûrement quelque chose que tu sais faire.»
—Rien, François, rien. Je n'ai jamais rien fait d'autre de ma vie que marcher.
Marcher en chantant.
—Et bien, vas.
Vas et marche pour moi.
Et n'oublie pas, surtout, n'oublie pas de chanter. »

Les petites fleurs

...car ainsi va la Vie...

Il rajouta, dans un murmure :

« Comme un oiseau s'envole dans le ciel,
simplement parce qu'il a des ailes pour voler,

Comme un bateau vogue vers des horizons lointains,
simplement par la volonté du marin,

Comme une fleur s'épanouit au printemps,
simplement pour s'offrir au soleil,
ou au regard de l'homme,

Tu peux vivre ta joie,
simplement par amour de la joie.

Tu peux offrir ton sourire au premier venu,
simplement pour le sourire que tu liras, peut-être,
au coin de ses lèvres ou dans ses yeux.

Tu peux, si tu le veux, tu peux vraiment

t'envoler, comme l'oiseau,
naviguer sur des mers sans horizons,
et fleurir, fleurir de ta plus belle robe,
couleur arc-en-ciel.

Tu peux renaître à chaque instant
des mille visages rencontrés.

Tu peux grandir à l'infini
de chaque moment de bonheur partagé,
et regarder l'autre grandir
de ce même bonheur.

Tu peux t'unifier à la vie qui t'entoure, dans sa forme et
sa non-forme, dans sa couleur et sa non-couleur.

Et ainsi, ne plus faire de différence entre ce que tu
crois être toi et le reste,

   Car en réalité, il n'y a que toi et TOI.

Puis, il retourna à son silence et à son sourire.
Je m'apprêtais à partir, lorsque j'entendis sa voix,
douce comme une musique.

François, dans ces temps-là, semblait voyager
ailleurs, tant sa souffrance corporelle était grande.

Dans son délire, il parlait.
Et, dans un coin de la chapelle, un moine, venu d'un
monastère lointain, écrivait.

Les autres frères s'approchèrent aussi de lui, car les paroles qui sortaient de sa bouche étaient à peine audibles.

Puis, sa voix s'affermit, et ses paroles resteront à jamais gravées dans mon cœur.

« Je vois une croix, une croix belle, merveilleusement belle, sur fond de mouvance chamarrée.

C'est une croix de crucifixion. Et le crucifié, c'est bien Lui, Jesus.

Pourtant, je ne sens pas de souffrance, je ne vois pas son visage, juste sa lumière,

Quand la croix disparait, il ne reste plus que lui, les bras ouverts.

Alors, je comprends qu'en réalité, la Croix est l'ultime possibilité d'étendre les bras, et d'embrasser la Terre.

Embraser la Terre.

Je comprend que Son amour est plus grand que toutes nos peurs réunies ;

Que Sa compassion peut effacer toutes nos errances ;

Que Son sourire est plus frais que toutes les sources dont nous rêvons dans nos déserts. »

François se tut, comme perdu dans un autre monde.

De longs instants passèrent.
Nous étions tous recueillis près de lui, nous attendions en silence.

Seuls, les craquements de la chapelle, les battements de nos cœurs, et notre souffle profond, rompaient ce silence.

Puis, François reprit faiblement :

« Il est de joies si grandes que le seul fait de les ressentir désintègrerait vos corps en particules de lumière.
Il est des souffrances si intenses que le seul fait de les vivre réduirait vos corps en cendres.

Mais il est un chemin, et c'est celui du monde, où les joies sont accessibles, et les souffrances supportables.

Joies et souffrances à l'image de celles de l'en-deçà, de celles de l'au-delà.

Car dans tous les univers, la joie et la souffrance ne sont toujours qu'une seule et même chose : AMOUR DIFFERENCIE.

Au delà, il y a : AMOUR, PRINCIPE UNIQUE ET INFINI.

L'amour enfile alors son dernier manteau, celui de la souffrance.

Le voyant faire, j'ôte mon dernier vêtement,
celui de la peur.
La souffrance s'approche,
si près,
que seuls ses yeux m'apparaissent
et ce sont les yeux de l'Amour.
Mes propres yeux, en reflet. »

François semblait se souvenir...
Il parlait d'un temps et d'un lieu lointains et témoignait
ainsi.

L'épi

...du semeur à l'épi, du labour à la moisson...

« Il marchait...
Il marchait en vainqueur absolu.
Son arme était la simplicité
Son bouclier, la tendresse.
Son armée, le peuple qui avait retrouvé, enfin, la confiance.
Il marchait, et derrière lui se soulevaient des montagnes de passions, de foi, et de joie.
A l'aura de lumière que dégageait sa personne se mêlaient la poussière de ses pas et la ferveur de ses disciples.
Il marchait, et comme une étoile scintillant dans un ciel d'été, il nous guidait.
Nous ne savions pas où nous allions, ni, souvent, pourquoi.
Nous savions seulement que nous étions réunis dans une même conscience, pour un même plan : AIMER.
Le Soleil était sur la terre, et je venais à sa rencontre.
En réalité, je compris au fil des ans que pour chacun

d'entre nous, c'était lui qui était venu d'abord à notre rencontre.

Comment aurait-il pu en être autrement ?

Epoque étrange et merveilleuse, où la lumière rendait aveugle, où les ténèbres réveillaient ;
où toi, mon frère, qui me paraissait parfois si étranger, toi pourtant, tu venais à moi, les mains tendues et le coeur ouvert, le sourire aux lèvres, simplement pour dire "Sois en paix".

Tu disais aussi :

"Si tu rencontres les autres,
Dis-leur que j'aurais aimé les voir.
Dis-leur, dis-leur bien que je les aime aussi, et que je suis avec eux.
Si tu rencontres les autres,
Dis-leur que je n'attends qu'un signe,
Un tout petit signe,
Pour aller leur rendre visite.
Car rien ne me fait plus plaisir que de pénétrer dans la maison de celui qui m'ouvre sa porte avec joie.
Rien ne me donne plus de bonheur que celui qui offre son coeur à la Vie, qui offre sa vie à mon coeur.
Rien n'est plus précieux pour moi que le don sincère d'amour, fait dans l'harmonie et l'unité retrouvée.

Certains croient que je suis leur frère, et en vérité, je le suis.
Certains croient que je suis simplement leur ami, et pour ceux-là, je le deviens.

D'autres encore sentent ma tendresse les bercer.
Alors, je te le dis, ma tendresse les berce.

Et je peux être gai, pour celui qui a besoin de joie.
Je peux être sérieux pour celui qui a besoin de sa-
gesse.
Je peux être dur, pour celui qui a besoin de comprendre.
Je peux être tout cela à la fois, et bien plus encore,
simplement parce que je suis tout, et je ne suis rien.

De la même façon, exactement de la même façon,
vous êtes tout, et vous n'êtes rien.

Vous vous dites :
Lui, c'est lui, et moi, c'est, moi.
Et moi, je vous dis :
Je suis Vous, et vous êtes moi.

J'ai placé sous vos pas
des joyaux de lumière, et ils ont pour nom : écorce,
caillou, ou même boue.

J'ai exposé sous vos yeux
des perles d'espoir qui s'appellent : rosée du matin,
pluie de printemps, ruisseau chantant.

J'ai déposé en vos coeurs
des parcelles de mon coeur, qui ont pour nom : joie,
paix, amour.

J'ai fait cela, simplement,
pour que vous sachiez, que vous sachiez bien,
que je suis avec vous.

Je suis avec vous,
à chacun de vos pas,
chacun de vos regards,
chacune de vos respirations.
Je suis avec vous depuis la nuit des temps, et pour
l'éternité.
Je suis avec vous, mes frères les Hommes, simplement parce que je vous aime.

Le silence est venu
du fond de votre désert intérieur,
pour vous guider vers les étoiles
qui peuplent vos horizons.
Car le silence est le messager du ciel qui vit en vous.

Et moi, je suis le cri jailli de vos poitrines
vers l'espoir de la Lumière à naître.
Je suis la supplique muette
qui noue vos gorges
en sanglots étouffés
dans la pénombre de vos chambres,
les chambres de vos âmes.
Je suis la musique
qui danse dans vos coeurs,
et le son qui berce vos nuits.

Je suis la fleur
qui s'envole de vos consciences

pour s'offrir à la vie, et,
si vous ne me voyez pas,
c'est que je suis au dedans de vous.
Je suis au dedans de vous.

Venez à moi, venez à moi, mes amis, et je vous mon-
trerai des pays inconnus, des terres inexplorées, des
forêts luxuriantes.
Venez à moi, car je ne vous promets rien en vain".

Tu nous as regardé, tour à tour, puis tu as rajouté :

"Les temps passeront,
mais je ne passerai pas.
Les pluies viendront,
et de nouveaux soleils,
et je serai avec vous.

Mes amis, je vous en prie,
écoutez ma voix.
Car je ne suis qu'une voix,
une toute petite voix,
qui murmure en vos âmes
la paix de mon coeur.
Je ne suis qu'une voix
venue faire vibrer, en vous,
une autre voix, celle de votre propre coeur.
Je suis venu révéler
ce que je suis en vérité,
et ce que vous êtes aussi
Amour infini.
Des étoiles scintillent

dans vos têtes,
et chacune est un univers
d'amour et de paix.
La lune brille dans vos yeux,
en ce soir de printemps,
et éclaire d'une lueur nouvelle
les ténèbres qui vous habitent encore".

Nous sommes allés, en confiance.

Et nous avons vu.

Les pays inconnus vivaient en nous.
Les terres à défricher étaient nos propres cellules de vie, et les forêts s'épanouissaient de notre propre ferti-lité.

Qu'il devenait simple, alors, d'aimer,
d'aimer enfin.... »

La moisson

*...de l'hiver au printemps, et de l'ombre à la
lumière, au cœur du silence.*

Ce fut la dernière fois que j'entendis François parler.
Pourtant, aujourd'hui encore, la musique de ses paroles portent mes pas.

Ce jour là, il nous avait légué ce qu'il y a de plus beau
et de plus profond : la lumière de nous-mêmes.
Et il nous appartenait d'entretenir cette lumière.

C'est pour cela que je repris, en ce temps-là, mes
longues marches par monts et par vaux.
Les paysans que je croisais me disaient :
« Hé, frère marcheur, prends ceci pour untel.»

Et je leur répondais, invariablement :
—Non, non, maintenant, je marche pour François.

Et j'ai marché, marché des jours et des jours ainsi.
J'ai eu faim, j'ai eu froid, mais j'ai marché.
Marché et chanté.

Puis un jour, un autre jour d'automne, je me suis effondré. Mes jambes ne me portaient plus, mon bâton m'abandonnait.

Je compris alors que François était passé de l'autre côté de la vie.

Je suis rentré au monastère, pour aider les Frères au dernier hommage, et j'ai repris la route.
Mon coeur le portait en lui, et je me sentais uni à lui.
J'ai continué à marcher.
A marcher et à chanter.

Je crois bien que j'ai trouvé ce qui faisait voler François.

CE QUI FAIT MARCHER L'HOMME,
C'EST LA JOIE.

"Il n'est pas nécessaire de dire par des mots la joie que tu sens en toi.
Car la joie est comme l'air que tu respires.
Tu ne peux la toucher,
et pourtant,
c'est elle qui te fait vivre.
Tu ne peux la diriger,
et pourtant,
elle te pénètre au plus profond.
La joie est comme la lumière qui t'éclaire.
Tu ne sais d'où elle vient,
et pourtant, elle donne un sens à ta vie.

Elle est comme le feu qui brûle ton âme.
Tu ne peux la maîtriser,
et pourtant, c'est elle qui te réchauffe le coeur.

La joie, c'est cela aussi.
C'est croire à l'impossible, et agir comme si c'était possible, pour ainsi, le réaliser.

C'est croire à l'irréel, pour qu'il devienne vrai.
C'est croire en l'amour, pour qu'il naisse de rien, simplement par amour.

La joie est comme une musique qui nait du silence.
Comme une eau pure qui jaillit du gouffre.
Comme un chemin qui s'ouvre sur l'inconnu.

La joie est ainsi.

Tu ne peux la garder pour toi,
car elle est liberté.

Même si tu le voulais, tu ne pourrais la retenir car elle n'appartient à personne.

La joie appartient seulement à la vie".

Epilogue

Au début je disais :
Si Dieu existe, alors, la vie dans son malheur n'a pas
de sens.

Mais le Temps a passé,
ultime justicier,
sur mon coeur desséché,
et l'a fertilisé.

Le Temps a semé
des graines de lumière
qui porteront, peut-être, un jour,
des fruits de vie et de bonheur.

Au premier labour,
la terre était sèche,
et le grain n'a pas pris.

Il fallut attendre le prochain automne de vie,
pour la mouiller de toutes les larmes non versées,
de tout le sang retenu dans la Coupe,
de toute la sueur d'une souffrance contenue.

Au deuxième printemps,
la terre était prête,
et le grain a germé.
La plante a poussé,
dans la joie enfin retrouvée de s'épanouir pour son soleil.

Au troisième printemps,
l'épi a porté ses fruits,
qui sont fruits de plénitude,
pour la justice du Temps.

Car ainsi va la Vie :

du semeur à l'épi,
du labour à la moisson,
de l'hiver au printemps,
et de l'ombre à la lumière.

La lumière au cœur du silence.

Printed in Great Britain
by Amazon